Les grottes de Yungang et la dynastie des Wei du Nord

Ecrit par : Li Hengcheng
Traduit par : Wu Xiaochun

Editions des sciences et techniques du Shanxi

图书在版编目（CIP）数据

云冈石窟与北魏时代/李恒成编著. 武晓春译。—太原：山西
科学技术出版社. 2005.4　（2007.7重印）
　ISBN 978-7-5377-2496-8

　Ⅰ.云…　Ⅱ.①李…　②武…Ⅲ.①云冈石窟—简介
—北魏（439—534）—法文　Ⅳ.K879.22

中国版本图书馆CIP数据核字（2005）第016430号

云冈石窟与北魏时代

编　　著：李恒成
翻　　译：武晓春
审　　稿：赵一德
图片摄影：昝　凯　李济山　孙　丽　鹏子雄子
　　　　　王一颂　刘中义　马世中　郭大川　张子成
　　　　　李志信　赵天明　古学军　吴　可
责任编辑：谢一兵
封面设计：树　仁

出　　版：山西科学技术出版社
　　　　　（太原市建设南路15号　邮编：030012）
印　　刷：山西新华印业有限公司新华分公司
开　　本：880×1230　大32开
印　　张：4.5
版　　次：2007年7月第1版第2次印刷
书　　号：ISBN 978-7-5377-2496-8
定　　价：88.00元

编辑部电话：（0351）4922063
发行部电话：（0351）4922121　4956025

Les grottes de Yungang et la dynastie des Wei du Nord

Sommaire

武 周 山

fort de Yungang 云冈堡   mont Wuzhou

vallée

21—53   露天大佛   3 11   vallée

西部诸窟   20 19 18 17 16 15 14   西谷   12 10 8 7   6 5   4 3

secteur ouest   花园   花园   东部诸窟 secteur est

双台

Plan des Wei du Nord en 449

La chronologie de la dynastie des Wei du Nord

Début du 4e siècle   La tribu Tuopa fonda son royaume qui fut éliminé après par les Qin antérieurs.

386   Le nouveau royaume appellé Wei fut fondé par Tuopa Gui.

398   Tuopa Gui se proclama empereur et installa son capitale à Pingcheng (l'actuelle Datong de la province de Shanxi).

423   Tuopa Tao monta sur trône, défit les Rouran et élimina les Xia, les Liang du Nord et les Yan du Nord.

439   Les Wei du Nord unifièrent la Chine du nord et se firent face aux dynasties du Sud.

466   L'impératrice Feng assista aux débats sur les affaires d'Etat. La dynastie entra dans son apogée.

493   L'empereur Xiaowen transféra sa capitale à Luoyang, Changea son nom en Yuan et pratiqua des politiques de réforme.

534   La dynastie des Wei du Nord se fut scindé en celle des Wei de l'Est qui fut remplacée par les Qi du Nord et celle des Wei de L'ouest remplacée par les Zhou du Nord.

14 empereurs se succédèrent pendant 149 ans de la fondation de cette dynastie par Tuopa Gui jusqu'à son scindement en 534.

L'histoire des grottes de Yungang

A 15 km de l'ouest de la ville de Datong du Shanxi, se situent sur la falaise du mont Wuzhou les grottes de Yungang qui s'étendent sur une longueur de 1,000 mètres. Les 147 grottes(dont 53 sont numérotées), grandes ou petites, existantes encore aujourd'hui abritent 51,000 statues. Le plus grand Bouddha mesure 17 mètres de haut tandisque le plus petit a seulement une hauteur de quelques centimètres. Les sculptures en pierre représentent principalement les Bouddha et les bodhisattva, accompagnés des disciples, des apsaras et les donnateurs en relief. Les stupas, les armes bouddhiques, les instruments de musique, les plantes et les animaux font un décor magnifique.

L'histoire de la fondation des grottes de Yungang

Les grottes de Yungang sont creusées en Chine sous la dy-

porte de Yungang

nastie des Wei du Nord, mais en quelle année précise ? Après des recherches effectuées depuis ces cent dernières années, les historiens nous donnent 4 versions différentes : soit sous l'ère Shenrui de l'empereur Mingyuan(414-415) ; soit au début de l'ère Heping de l'empereur Wencheng(460-465) ;soit en 2e année de l'ère Xing'an de l'empereur Wencheng(453) ; soit sous l'ère Tianxing de l'empereur Daowu(398-403).

La fondation des grottes sous l'ère Shenrui(414-415) est inscrite dans un livre écrit par des moines du temple Ximing sous la dynastie des Tang qui disait que l'empereur fit creuser les grottes en 1ere année de l'ère Shenrui de la dynastie des Wei du Nord, soit en 1ere année de l'ère Taiyuan de l'empereur Xiaowu de la dynastie des Jin de l'Est. Les moines se trompaient des dates. La 1ere année de l'ère Shenrui correspond à l'an 414 tandisque la 1ere année de l'ère Taiyuan veut dire l'an 376. Donc c'est difficile de croire leur date de la fondation des grottes.

Dans les annales de la dynastie des Wei et dans la biographie du Tanyao est décrit que le moine supérieur Tanyao diri-

grand Bouddha
de la grotte 20

gea les travaux des grottes au début de l'ère Heping(460-465) sous l'ordre de l'empereur Wencheng. Plus précisemment, la sculpture des statues dans les grottes devait être commencée en 2ere année de l' ère Xing'an(453) à la demande de Tanyao après le rétablissement du Bouddhisme par l'empereur Wencheng.

Mais il faut signaler que l'an 453 est la date du début de la sculpture, mais pas du creusement des grottes. Ça veut dire qu'elles furent creusées sous l'ère Tianxing de l'empereur Daowu(398-403).

Cette version est avancée par Mr. Zhao Yide, un lettré contemporain. Sous l'ère Tianxing, l'empereur Daowu ordonna le moine supérieur, Faguo de construir le mont sacré Grdhrakuta, qui fit agrndir une grotte naturelle dans le mont Wuzhou pour la vie et la méditation des moines.C'est actuellement la grottte No.3. Elle fut une imitation du mont sacré Grdhrakuta de l'Inde du Bouddhisme, mais aussi joua le même rôle que la grotte Gaxian où la tribu Tuopa offrit des sacrifices aux ancêtres. D'après cette version, le creusement des grottes date de l'ère Tianxing, quelques 60 ans plus tôt que la sculpture de l'ère Heping(460-465).

De l' ère Tianxing jusqu'à l' ère Zhengguang, les travaux des grottes de Yungang durèrent plus de 120 ans, presque toute la durée de la dynastie des Wei du Nord.

Les valeurs des grottes de Yungang

Les grottes de Yungang étaient creusées il y a environ 1,600 ans. D'innombrables artisans avaient tavaillé ensemble pendant une centaine d'année. Ils étaient venus des quatre coins du monde, même les artisans des territoires de l'Ouest et du Ceylan(l'actuel Sri Lanka) avaient participé à la création artistique. La plus grande valeur des grottes de Yungang, c'est qu'elles embrassent plusieurs cultures de l'époque des

◀ façade extérieure des grottes 5-13

▼ extérieur du secteur est

extérieur des grottes 5-8

Wei du Nord, constituent la culture originale des grottes bouddhiques chinoises, dévelopent son propre style qui est différent des autres. Ce style appellé style de Yungang par la postétié est influencé profondemment par l'art indien qui est affecté par les grecs. Çela veut dire que le style de Yungang est la cristallisation des arts chinois, indien et grec.

L'art indien des sculptures bouddhiques atteingnit son apogée au 3e, 4e siècles quand le Bouddisme se répandit considérablement en Chine. Les sculptures bouddhiques indiens, notemment celle du style Gandhara furent introduit vers l'Est au long de la route de la soie. Elles arrivèrent d'abord aux territoires de l'Ouest et à Hexi où les grottes de Kizil et celles de Dunhuangfurent creusées.

Les grottes de Kizil se trouvent dans le mont Mingwudage à l'est du district Baicheng de la région autonome ouigour de Xinjing, sur la falaise au bord nord de la rivière Weigan. 74 grottes parmi les 236 gardent des statues et des fresques relativement en bon état. Elles comprennent des arts de la culture de l'ancien Royaume Qiuci, du Gandhara et de la Chine. Elles sont les plus anciennes grottes en Chine.

Les grottes de Dunhuang du Gansu sont réputées pour la longue histoire et aussi pour le nombre énorme. Cela les font le chef-d'œuvre dans la région Hexi depuis l'introduction de l'art buoddhique indien. Surtout les grottes de l' époque des Liang de l'Ouest donnent les plus grandes influences sur la construction des grottes de Yungang. D'aprè les annales de la dynastie des Wei, 5 moines du Ceylan avaient emporté en

grand Bouddha de la grotte 20

grotte 20
et secteur
ouest

455 à Pingcheng(d'alors la capitale des Wei du Nord, l'actuelle Datong) 3 statues qui devinrent un modèle important de la sculpture de Yungang. D'ailleur, les artisans de Pingcheng, du Beiliang, Liaoxi, Zhongshan, même ceux des minorités nationales furent mobilisés pour la réalisation des travaux, tous les styles artistiques se mêlèrent et se combinèrent, ainsi le style de Yungang se forma.

Les grottes de Yungang possèdent des valeurs sous divers aspects. Elles sont non seulement un musée artistique pour propager le Dharma du Bohddhisme, mais aussi un rouleau politique qui contient l'histoire de cent ans de la dynastie des Wei du Nord lorsqu'ils prirent Pingcheng comme leur capitale, dit donc l'histoire des Wei du Nord par époques.

Premièrement, elles révèlent des secrets de la cour impériale des Wei du Nord. Ça se manifeste par des grands Bouddha représentants des empereurs. Dès qu'il rétabit le Bouddhisme, l'empereur Wencheng ordonna de tailler les statues en pierre suivant les physionomies des empereurs précédents. Sur cet ordre, le moine Tanyao fit construire les 5 grottes(16-20). Durant leur règne à Pingcheng, 6 empereurs, un prince et une impératrice furent répresentés dans les grottes. L'originale de ces statues et leur disposition racontent toujours une histoire secrète, surtout le creusement des grottes 5,6 et la construction de la pagode pour l' impératrice Feng dévoilent la rancune et l'affection entre les trois générations, l'emperuer Xianwen , Xiaowen et l'impératrice Feng.

Deuxièmement, elles mettent en vue une période de l'harmonie entre les ethenies nationales. Les Tuopa, une tribu minoritaire qui voulut dominer tout le Nord de Chine furent obligés de s'offenser et de se fusionner avec les Han(vrais chinois) et avec les autres minorités nationales. Une inscription rapportante la visite aux grottes de Yungang de la femme de Khan des Rouran réflète la concorde entre ces deux peuples.

Troisièmement, elles enregistrent sincère-

imitation de la construction chinoise en bois de la grotte 9

▲ Les grottes de Yungang sont inscrites dans la liste du patrimoine mondial en 2001

ment les mœurs et coutumes dans la capitale des Wei qui sont peu mentionnés dans les documents historiques. Une inscription dans la grotte 11 décrit les activités religieuses des bouddhists et les bas-relifs dans la grotte 38 représentent des spectacles acrobatiques dans la ville de Chang'an.

Quatrièmement, elles font reparaître les constructions de l'époque sous la forme nature. Les pagodes, les maisons et les chateaux, etc, dans les sculptures fournissent des preuves à la recherches des constrctions de la dynastie des Wei du Nord qui sont disparus depuis longtemps. Vivement impressionné par les grottes de Yungang, Mr. Liang Sicheng, un architecte chinois nationalement connu a dit Quelles chances nous avons de revoir les objets authentiques des Six Dynasties du Sud !

▼ plan de la numérotation des grottes de Yungang

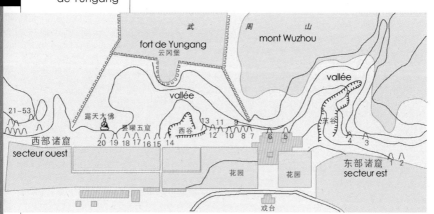

Grotte venue du ciel

(grotte No.3)

extérieur de
la grotte 3

Au secteur est de l'ensemble des grottes de Yungang, s'étend une vallée nord-sud au bord est de laquelle se trouve la grotte No.3. Dans tout le site, elle est la plus grande et la plus spéciale grotte qui est rarement vue en Chine même dans le monde entier.

Elle se divise en deux étages. L'étage du haut est une terrace sur laquelle sont construites deux pagodes de trois niveaux, bien abimées aujourd'hui. Par la porte en-dessous de la terrace, on rentre dans la grotte intérieure sous la forme irrégulière de 42.7 mètres de longueur,

Grotte venue du ciel

statue
principale de
la grotte 3

13.6 mètres de hauteur et 15 mètres de profon-
deur des deux côtés. Dans une grotte si grande, il
y avait pas de sculptures lors de son creusement.
Les trois statues qu'on voit aujourd'hui sont
sculptées postérieurement.

Par rapport aux autres grottes somptueuses, la grotte 3 paraît un peu trop sobre, mais
elle ne doit pas être méprisée. Le premier coup
de hache fut commencé par ici. Les premiers
travaux furent dirigés par Faguo, le premier
moine supérieur de l' époque des Wei du Nord
sous l'ordre de l'empereur Daowu, le fondateur

de cette dynastie.

En 397, l'empereur Daowu rencontra le moine Faguo après la prise de la capitale des Yan postérieurs, il l'apprécia beaucoup. Ayant la sympathie pour le Bouddhisme, l'empereur ordonna son armée de respecter les moines et de protéger les temples. En 398, il transféra sa capitale à Pingcheng(l'actuel Datong) et fit venir Faguo pour le nommer premier moine supérieur qui prit en charge les affaires religieuses de tout le pays. La première mission qu'il reçut est de construire les lieux religieux pour installer les moines, dont la construction d'une pagode de cinq étages, du Mont sacré Grdhrakuta et du palais Sumeru furent les travaux principaux.

Après des maintes études, Faguo fixa son choix sur la falaise nord du mont Wuzhou. Cet endroit eut le mont derrière soi et la rivière Wuzhou en face, la condition la plus favorable fut qu'il y a eut quelques grottes naturelles. Faguo crut qu'il ressembla tout à fait au Mont sacré Grdhrakuta décrit par Faxian, un célèbre moine de l'époque des Jin de l'Est dans ses récits de voyages. L'empereur Daowu apprécia bien son idée. La tribu Tuopa garda de profonds sentiments aux grottes parce que leur berceau fut la grande grotte appellée Gaxian. Les grottes naturelles découvertes dans le mont Wuzhou conformèrent à la vénération aux grottes des Tuopa. En profitant de la plus grande grotte naturelle du mont Wuzhou, Faguo l'agrandit et fit la première grotte de Yungang, soit la grotte No.3 d'aujourd'hui.

Avec la construction de la grotte du Mont Grdhrakuta,

statue principale de la grotte 3

▲ statue principale

▲ main du Bouddha principal

Wuzhou devint le mont sacré pour la cour impériale, les religieux et le peuple. Pour protéger cette grotte, sur la terrace devant fut construit un temple magnifique qui s'appella Lingyan(roche miracle) et qui devint le chef lieu des temples du site. Ainsi, elles'appella aussi la grotte du temple Lingyan. Les empereurs des Wei du Nord la vénèrent fréquemment.

La grotte 3 fut restauré à plusieurs reprises dans l'histoire. En 1674, avant de quitter sa poste, le gouverneur de Datong, Ma Guozhu, calligraphia un panneau en exprimant que la grotte 3 soutint la comparaison avec le Mont Grdhrakuta en Inde.

Sur le côté est du flanc nord saillant à l'intérieur de la grotte 3, trois statues sont taillées. D'après la conception et la disposition primitives, c'était prévu de sculpter trois séries de staues. Les trois statues actuellement existantes qui font la série ouest représentent le tier des travaux prévus. C'est un fait causé de l'histoire. Le creusement et la

16

sculpture de la grotte ne datent pas de la même époque. Les trois statues sont réalisées de 517 à 523 après le transfert de la capitale à Luoyang, quelques cent ans plus tard que le creusement, comme s'écrit dans les documents historiques les travaux se terminent sous l'ère Zhengguang.

Pourquoi il existe cent ans de différence entre le creusement et la sculpture qui n'était pas terminée totalement comme prévu ? Et le Bouddha de la série ouest représente quel empereur ? Ça nous raconte une histoire des Wei du Nord.

En 493, pour unifier la Chine, l'empereur Xiaowen décida de transférer de force la capitale à Luoyang, ce fut une de ces réformes principales. Mais de nombreux nobles qui habitèrent dans le Nord depuis générations lui s'opposèrent. Leur représentant fut son propre fils, le prince héritier Yuanxun. Après le transfert de la capitale à Luoyang, la lutte entre les réformateurs et les opposants devint plus violente. Le prince héritier trama de

▲ tête du boddhisattva

♠ boddhisattva

retourner à la capitale ancienne. Il fut découvert et arrêté par son père. Extrêmement en colère, l'empereur bâtonna personnellement le prince qui fut blessé gravement. Finalement il fut déposé et empoisonné, il eut seulement 15 ans lors de sa mort.

Après la mort du prince, les opposants furent réprimés. Mais les griefs couvaient en eux pendant longtemps. Jusqu'en 517, l'empereur Xiaoming permit les nobles de rester toujours dans la capitale ancienne comme ils voulurent, ils furent consolés.

Pour mémoriser leur prince déposé, profitant de la politique tolérente, les opposants décidèrent de dresser une statue dans la grotte du Mont Grdhrakuta. Ils envisagèrent de construire trois séries de statues dont le Bohddha de la série ouest représenta le prince. D'après leur conception, cette grotte dut être plus somptueuse que celles de Luoyang. Mais malheureusement, une rébellion éclata en 523 et les travaux furent arrêtés.

La création des grottes de la dynastie des Wei du Nord fut commencé et terminé aussi par la grotte 3. Cette grotte qui a l'air tout simple a concentré une histoire de 125 ans(398-523), tou au long de cette dynastie.

Relèvement du
Bouddhisme
(grottes 1,2)

deux dragons
à la porte de
la grotte 1

A 100 mètres à l'est de la grotte 3, se trouvent les grottes 1 et 2. Dans tout l'ensemble, ces trois grottes paraissent actuellement solitaires. Mais lorsque les grottes furent vénérées comme un lieu sacrée sous la dynastie des Wei du Nord, ce secteur fut le plus fréquenté. C'est décrit dans les documents historiques que les temples ont la montagne derrière et la source devant. C'est le paysage dans ce zone. Les temples furent le temple Lingyan(roche miracle) devant la grotte 3 et le temple Tongle(joie universelle) devant les grottes 1 et 2, entre lesquelles jaillit une source limpide. Ce fut un des huit sites pittoresques de Datong dans le temps.

Les grottes 1 et 2 datent plus tard que les 5 fameuses grottes

paroi sud de la grotte 1

20

de Tanyao(16-20), mais c'était dans le temple Tongle devant elles que le moine Tanyao projetait et dirigeait les travaux gigantesques des 5 grottes.

Sous le règne de Daowu, Faguo creusa la grotte du temple Lingyan, qui préluda au culte suprême au Bohddhisme. Lors du règne de l'empereur Taiwu, le territoire s'étendit jusqu'au Nord du fleuve Huai et occupa prsque tou le Nord de Chine. Etant une tribu minoritaire qui descendit au Sud du pays barbare, comment gouverner la Chine et dominer les Han qui possédèrent la culture et l'économie plus développées que les Tuopa, c'est un gros problème qu'il dut affronter. L'empereur Taiwu fixa premièrement son choix sur le Bouddhisme. Mais les moines bouddhistes d'époque bavardèrent de renoncer au monde matériel en menant une vie dépravée, l'empereur fut bien déçu.

En ce moment, dans la cour impériale apparut un offiel confucéen opposant du Bohddhisme qui s'appella Cui Hao. Connais-

paroi sud de la grotte 1

sant bien la pensée de l'empereur, il lui présenta un taoïste, Kou Qianzhi qui eut le sens de la politique. Il rédigea un livre céleste dans lequel il exalta l'empereur Taiwu comme le vrai Seigneur descendant du Ciel. L'empereur fut bien plu. Depuis lors, le Taoïsme put rivaliser avec le Bohddhisme.

En 445, l'empereur Taiwu réprima une révolte et fit halte à Chang'an (l'actuel Xi'an) Il découvrit par hasard dans un temple bouddhiste une grande quantité d'armes, une tistillerie et une chambre secrète pour cacher des femmes. Dans une colère noir, l'empereur ordonna de détruire le Bouddhisme. Les temples, les pagodes, les livres et les statues furent presque tous détruits pendant cette catastrophe. Heureusement, des moines célèbres comme Shixian et Tanyao furent relâchés discrètement par le prince héritier, Tuopa Huang et la grotte du temple Lingyan put survivre grâce à la vénération des Tuopa.

Peu après, des désastres arrivèrent l'un après l'autre : Cui Hao, l'opposant du Bouddhisme, fut décapité ; le prince héritier mourut sans rime ni raison; l'empereur devint un peu fou ; une rébellion éclata dans la cour impériale ; le taoïste, Kou Qianzhi mourut de la maladie sur l'autel..... tous ces événements donnèrent des chances au relèvement du Bouddhisme.

En 452, l'empereur Wencheng, le petit-fils du Taiwu se succéda au trône. Selon les dernières volontés de son père, il commença tout de suite le rétablissement du Bouddhisme. Un an après, Le moine Tanyao fut invité de retourner à la capitale

tour central de la grotte 2

et logea dans la grotte du temple Lingyan.

Dans cette grotte, Tanyao rencontra l'empereur Wencheng par hasard. D'après les annales de la dynastie des Wei, l'empereur Wencheng alla à cheval à la grotte du mont Wuzhou et rencontra Tanyao en route. Il lui avait entendu parlé par son père, mais sans d'occasion de le voir. Donc il ne put pas reconnaître ce moine et faillit de le manquer. Mais son cheval alla tenir la robe de Tanyao à la bouche et ne le laissa pas passer. Très surpris, l'empereur demanda le nom de ce moine et il le connut. Il descendit du cheval et eut une conversation agréable avec lui. L'empereur ordonna de construire le temple Tongle(joie universelle) à l'est de la grotte pour Tanyao et il y prêcha le Bouddhisme et traduisit des soutras. 7 ans après, en 460, Tanyao fut nommé moine supérieur et commenca les travaux des Grottes de Yungang.

paroi ouest de la grotte 1

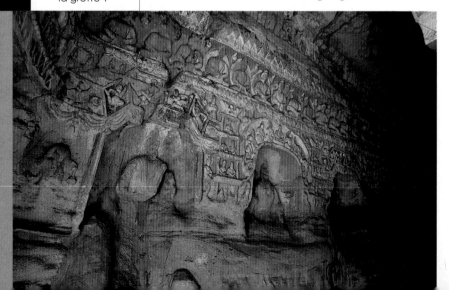

Dans le même endroit que le temple Tongle se trouvent les actuelles grottes 1 et 2. Elles se voisinent et ont toutes une pagode pilier au milieu. Entre les deux grottes jaillit une source limpide.

▲ paroi ouest de la grotte 1

La grotte 1

Du plan carré, elle possède un pilier en forme de tour à étages au centre. Sur la paroi nord, trois bodhisattva restent respectivement assis dans leur niche avec des apsaras et des donnateurs tout autour. Les bas-reliefs sur la paroi est sont très abimé et peu reconnaissables. Sur la paroi ouest sont sculptées quatre niches: un Bouddha habillé d'une robe large dans la deuxième niche, large dans la deuxième niche,

▼ Çakyamuni sur la paroi est de la grotte 2

niche sur la
paroi est de
la grotte 2

les deux bodhisattvas entourés des yaksas et des apsaras dans la quatrième niche. Sur la paroi sud sont percées la fenêtre d'éclairage et la porte.En-dessous de la porte à la paroi sud un Bouddha assis est sculpté au milieu.

La grotte 2

Elle est comparable à la précédente par sa disposition intérieure. Les reliefs sur la paroi est, difficilement reconnaissables, figurent des scènes de vie du Bouddha Çakyamuni. La tête cassée du Bouddha sur la paroi ouest nous fait soupirer.

paroi est de
la grotte 2

26

Grottes de Tanyao
(grottes 16-20)

Les cinq grottes de Tanyao sont respectivement les actuelles grottes 16, 17,18,19 et 20. Selon le plan d'ensemble, les cinq statues principales figurant les Bouddha de cinq directions représantent cinq empereurs de la dynastie des Wei du Nord. Un monde éternel et étendu est sculpté dans la rocher.

En 460, l'empereur Wencheng décida de construire dans le mont Wuzhou 5 grottes et sculpter dans chacune une statue du Bouddha. Ainsi le creusement des grotttes de Tanyao fut commencé. Le moine Tanyao habita dans le temple Tongle à côté de la grande grotte Lingyan pour traduire les soutras et présider les cérémonies de tous les jours, mais il pensa toujours à établir éternellement le Bouddhisme dans la capitale. Il se creusa la cervelle devant la falaise du mont Wuzhou : Pourquoi l'empereur Taiwu déclancha la destruction catastrophique du Bouddhisme pendant laquelle les temples furent brulés et les statues furent cassées ? L'actuel empereur Wencheng rétablit sincèrement le Bouddhisme, mais si jamais il changeât son idée un jour et ses successeurs entreprissent une autre destruction du Bouddhisme ? Il y réfléchit pendant 7 ans et s'inspira un jour par la falaise escarpée et le dicton du précédent moine supérieur Faguo l'emperur est le Bouddha présent lui-même dans ce monde. Il fallut sculpter de grands Bouddha représantant des empereurs dans la rocher pour les transmettre de génération en génération. Tanyao soumit son projet à

statue principale de la grotte 16

l'approbation de l'empereur qui le ratifia tout de suite avec plaisir.

La grotte 16

La grotte la plus est et la première des cinq d'après sa situation et sa statue principale.

Du plan ovale, plafond voûté, elle a une fenêtre d'éclairage en-dessus de l'entrée. La statue principale se tient debout sur le lotus, 13.5 mètres de haut, avec le chignon des cheveux tournés à droite, le visage et le cou un peu allongés, des lèvres minces, habillé de la grosse pèlerine avec un nœud ressemblant à la cravate, sa main droite vers le ciel, sa main gauche vers la terre en faisant le moudra(sceau) de

▲ paroi est de la grotte 16

◀ statue sur la paroi ouest

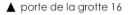
▲ porte de la grotte 16

▶façade extérieure des grottes 15,16(3 statues aux Etats Unis actuellement)

l'apaisement. Le milieu de la statue est abimé et les plis serrés du bas des jambes sont visibles.

La statue principale représnete le Bouddha Aksobhya, le maître de l'Est. Les anciens prirent en considération l'Est d'où se lève le soleil. Le soleil levant signifie la prospérité de tous les êtres. Ainsi, l'Est est considéré comme le paradis de la vie.

Lors du creusement de cette grotte, Tanyao voulut que le Bouddha correspondit à l'ancêtre de la dynastie des Wei du Nord—l'empereur Shenyuan, Tuopa Liwei. Il fut le plus brillant des ancêtres de la tribu Tuopa. Après avoir surmonté d'innombrables difficultés, il unifia toutes les tribus mongoles pour faire un territoire immense durant son règne de 58 ans et créa le fondement de la dynastie des Wei du Nord.

Sur la paroi sud, il y a plusieures niches moyennes, treize rangées de statues du haut représentant les mille Bouddha. Dans la niche juste en-dessous de l'entrée, on voit un Bouddha accompagné de deux bodhisattvas : le Bouddha avec le visage rond, le haut chignon, le cou court, le nez droit, habillé du drapée plié, assis en faisant le signe de l'apaisement ; les bodhisattvas portent chacun une couronne et une robe large.

Sur les parois intérieures à l'est et à l'ouest de l'entrée, il y avait du haut en bas un Bouddha assis et un autre debout. Mais les deux têtes pillées des Bouddha à l'est nous font beaucoup regretter.

La grotte 17

La deuxième des cinq grottes de Tanyao, du plan ovale, plafond voûté aussi, elle est creusée un mètre plus profonde que les autres quatre. La statue principale sur la paroi nord est le Bouddha assis avec les deux jambes croisés le plus grand du

site, 15.6 mètres de haut, portant la couronne, le bras droit décolleté et décoré des bracelets, la main droite vers le ciel et le bras gauche plié devant la poitrine, assis sur le socle de Sumeru.

Elle représante le Bouddha du Sud. D'après les soutras, il

Bouddha sur la paroi est de la grotte 17

▲ Statue principale de la grotte 17 : Maîtreya

▼ Bouddha sur la paroi ouest de la grotte 17

habite dans le monde de la joie et crée les bonheurs pour tous les êtres ; en même temps, il prend en charge de tous les trésors et les richesses. On voit souvent ce Bouddha faire trois signes différents : le vœu, le trésor et le don. La position de la statue principale dans la grotte 17 mélange les trois signes ensemble.

Sur les parois est et ouest est sculptées respectivement une grande niche. La statue debout dans la niche à l'ouest a le visage mince, le nez droit, habillé d'un gros manteau et porte le soleil dans la main droite ; celle de l'est reste assis, la main gauche faisant le signe du don et la main droite, le trésor. Ce sont les deux bod-

façade à l' ouest de la porte
de la grotte 17

hisattvas serviteurs du Bouddha. Ils sont accompagnés des moines, des nonnes et des donnateurs.

La statue principale imite la figure de l'empereur Daowu, Tuopa Gui. Il est couronné parcequ'il mérite d'être glorifié en raison de ses exploits, il s'assied avec les deux jambes croisés comme s'il soit prêt de se lever à tout moment pour continuer à étendre le territoire.

Sur les parois intérieures à gauche et à droite de la fenêtre et de l'entrée, 34 niches de la grandeur différente sont creusées. Les statues dans les deux grandes niche à l'est et à l'ouest de l'entrée sont sculptées en même époque et dans le même style : le Bouddha au milieu reste assis, le visage un peu allongé, portant la robe dessinée des carreaux. les bodhisattvas serviteurs ont le visage plus rond. Les donnateurs sont sculptés

sculpture en-dessous de la porte de la grotte 17

Bouddha debout sur la paroi ouest de la grotte 17

devant leurs socles. Le Bouddha Çakyamuni, celui du Sud et le Bouddha Maîtreya sont sculptés dans les petites niches.

Une inscription à l'est de la fenêtre nous fait connaître la date et la raison de la sculpture. Ces statues sont faites en 489 par une nonne pour prier la bonne santé et les bonheurs de tout le monde. Elles sont sculptées après les réformes de l'empereur Xiaowen, mais les habits indiens originaux sont gardés.

La grotte 18

Du même plan que les autres, mais la paroi du nord est pleine des Bouddha, des bodhisattvas et des disciples, elle est la plus complexe des cinq grottes de Tanyao.

La statue principale est le Bouddha Maîtreya, debout, sérieux, 15.5 mètres de haut, portant un drapé des mille Bouddha avec des plis profonds, accompagné des quatre bodhisattva serviteurs et des disciples. Les deux bodhisattva petits sont Dizang(Ksitigarhba en sanscrit) et Longshu(Nagarjuna) ; les deux grands, Guanyin(Avolokitesvara) et Dashizhi(Mahatha maprapta).

La sculpture est influencée sans doute par le style Gandhara indien, mais le pli et la décoration du vêtement sont à la chinoise. Ces statues est un démoin évident des échanges cultureles.

Les deux statues debout sur les paroi est et ouest représentent respectivement le Bouddha du trésor et celui de la médecine. Avec la statue principale,

▶ statue principale de la grotte 18
▼ tête du Bouddha principal de la grotte 18

elles sont appellées les Bouddha de trois représantations. Il ne faut sont les confondre avec les Boudddha de trois générations. Ils porte chacun un nom spé-

cial tandisque les Boudddha de trois générations représantent trois mille Bouddha du passé, du présent et du future, mille par génération.

A l'ouest de la fenêtre, le Bouddha porte un bol dans la main droite, trois enfants réalisent une pyramide humaine. Ça nous raconte une histoire : un jour, le Bouddha alla mendier en ville avec son disciple, Anonda, ils virent des enfants jouer dans la rue. Un garçon aperçut confusément l'auréole derri-ère la tête du Bouddha et voulut lui donner des offrandes. Il prit de la terre appelée céréale par les enfants et fit venir un copain : "je suis trop petit pour atteindre le bol, je peux monter sur tes épaules pour mettre de la céréale dans son bol ? " Son copain fut d'accord joyeusement. En baisant le tête, le Boud-

statue principale de la grotte 18 : Amitaba habillé de la robe de mille Bouddhas

▶ disciples du Bouddha principal

▶▶ boddhisattva sur la paroi ouest de la grotte 18

dha accepta de la terre des enfants et dit à Anonda : "les deux enfants qui nous donnent de la terre possèdent des vertues des bouddhistes, celui qui veux premièremen donner sera un roi appellé Asoka, l'autre deviendra son sujet." Sa prédiction se fut vérifiée plus tard.

Des histoires similaires sont beaucoup répétées dans les sculptures relativement tardives dans les grottes de Yungang.

A l'ouest de la porte, le Bouddha Çakyamuni et le Bouddha du trésor qui enseignent sont fait sculptés par la femme du Khan des Rouran. Une inscription de la sculpture est encore reconnaissable. La tribu minoritaire Rouran avait fait des guerres avec les Wei du Nord et coexistèrent pacifiquement depuis 464 jusqu' en 475, les Tuopa les attaquèrent en employant une armée de 70,000 soldats. Ces statues doivent être sculptées entre 464 et 475.

La statue principale de la grotte 18 représente l'empereur Taiwu, Tuopa Tao qui resta sur le trône le plus longtemps et qui fit les plus d'exploits militaires parmi tous les empereurs de cette dynastie. Sous son règne, il créa un empire immense. Mais ce fut lui aussi qui fit subir la destruction la plus catastrophique au Bouddhisme dans son histoire. A la fin de sa vie, l'empereur Taiwu eut l'intention de se repentir et fit tuer le soutien du Taoïsme, Cuihao. D'après les doctrines du Bouddhisme, la faute de l'empereur dut être pardonnée, ainsi Tanyao lui fit cette statue.

Elle porte une robe pleine de petit Bouddha. C'est sig-

tête du
boddhisattva

nifiant. Les mille Bouddha représantant tous les moines victimes sur sa robe se rappellèrent toujours la faute qu'il avait fait et le punirent en même temps.

La grotte 19

La plus spacieuse des cinq grotte de Tanyao. Elle a deux petites grottes accolées à l'est et à l'ouest. Le grand Bouddha de 17 mètres de haut s'assied sur un socle de 15.4 mètres de largeur, son pied mesure 4.3 mètres de longeur, un orteil, 1.6 mètres de long. La main droite devant sa poitrine, la main gauche sur son genou, il fait le signe de l'apaisement avec de la sérinité.

Il est le Bouddha du Nord, une autre représantation du Bouddha Çakyamuni. Il habite dans le monde du lotus et du Nirvana.

Les deux bodhisattvas serviteurs sont sculptées dans les deux grottes accolées. Ils

statueprincipale et la paroi sud de la grotte 19

boddhisattva
dans la grotte
accolée ouest
de la grotte 19

sont Wenshu(Manjusri en sanscrit) à gauche et Puxian(Samantabadra) à droite. Ces trois statues sont appellées les trois saints de Huayan.

La statue principale est la plus grande dans ces cinq grottes parceque Taoyao lui consacra toute son énergie. Elle correspond à l'empereur Wencheng. Comme il rétablit le Bouddhisme et apprécia Tanyao, ce moine lui fit une statue géante pour l'exalter. L'objet dans sa main gauche est une offrande pour le Bouddha et pour l'empereur à la fois.

Le bodhisattva Wenshu dans la grotte accolée à gauche représante le deuxième empereur des Wei du Nord qui eut peu succès. Le bod-

statue principale

dhisattva Puxian dans la grotte accolée à droite est le père de l'empereur Wencheng. Il fut prince héritier mais mort très jeune sans monter sur le trône. Il protégea secrète-ment des moines pendant la catastrophe au Bouddhisme lancée par l'empereur Taiwu. La fondation des deux grottes accolées est plus haute que celle de la grotte principale, c'est le respest de l'empereur Wencheng aux ancêtres.

Dans l'angle ouest en haut sur la paroi sud, un Bouddha debout, sa main droite vers le ciel, sa main gauche caresse un donnateur à genou pour avertir les gens de respecter le Boud-dhisme et les ammener au Nirvana.

Dans la grotte 19, on remarque encore deux thèmes spéciaux.

Premièrement, dans la niche à l'est de la porte, le Boud-dha assis central est accompagné de deux bodhisattvas comme

statue principale de la grotte 19

statue dans
la grotte
accolée est

les autres, mais aussi de deux moines devant la niche.

Deuxièmement, la sculpture sur la paroi ouest est très abimée, seulement trois pagodes de sept étages sont raconnaissables. Il devaient y avoir des statues dans les pagodes, mais éffacées déja. A l'orgine, les stupa sont construits pour enterrer les religieux bouddhistes. Ces trois pagodes représantent le Nirvana des trois moines supérieurs.

D'après les soutras, les stupa ou les pagodes servent à enterrer les reliques ou garder les soutras. Ceux qui construient les stupas ou pagodes pourront monter au paradis après leur mort. Comme la construction des statues, c'est aussi un bienfait dans le Bouddhisme.

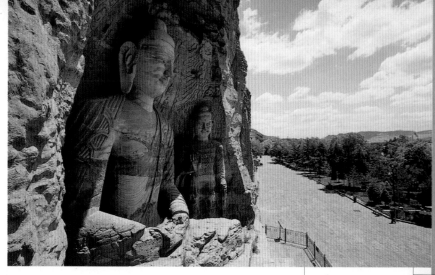

La grotte 20

Son plafond s'est effondré. Le grand Bouddha assis à ciel ouvert, mondialement connu, jouit de la réputation du chef-d'œuvre des grottes de Yungang.

Il a une hauteur de 13.7 mètres, le haut chignon, le visage plein, les yeux et les sourcils allongés, la moustache et le nez tout droit, plein de sérinité, charité et dignité. Il porte le drapée décorée des plis en zig-zag et fait le signe de la méditation. Son socle est totalement abimé. Dans l'auréole derrière sa tête, nous voyons des fleurs de lotus, de petit Bouddha et des flammes. Des bodhisattvas

▲ chef-d'œuvre de l'ensemble : statue principale de la grotte 20

▼ tête de la statue principale

47

Bouddha
principal et
Bouddha
debout à
l' est de la
grotte 20

serviteurs à genou, de petit Bouddha assis et des disciples sont sculptés dans sa mandorle.

Cette statue à ciel ouvert représante le Bouddha du Centre, Vairocana en sanscrit qui signifie la lumière éclaire tout le monde. D'après les soutras , il est le maître du pays de la pureté où habitent uniquement des Bouddha et des bodhisattvas.

D'après les légendes, de nombreux fidèles ont prit leur conscience avec les remarques de Vaironcana. Après avoir écouté le sermon du Bouddha, un fidèle fit une promesse de construire des ponts et réparer des routes pour le public pendant toute sa vie. Un jour, le roi voulut offrir un banquet au Bouddha, le fidèle répara la route

Bouddha
principal et
Bouddha
debout à
l' est de la
grotte 20

qu'il dut passer en bon état et resta debout respectueusement au bord pour attendre le Bouddha. Vairocana arriva et lui dit contentement : " tu pourra prendre ta conscience à bientôt." Ce fidèle devint un harat peu après et un bodhisattva dans sa deuxième vie.

D'après le Mahayana(Bouddhisme du Grand Véhicul), Çakyamuni, Losana et Vairocana sont le même Bouddha sous trois formes différentes, Vairocana est le Dharma soi-même.

Le Bouddha à ciel ouvert, Vairocana, est sculpté par Tanyao pour représanter tous les successeurs de l'empereur Wencheng. Le Bouddha du Dharma éternel signifie aussi la domination de génération en génération des empereurs

► statue principale de la grotte 20

Tuopa.

Les deux bodhisattvas serviteurs du Bouddha sont presque tous détruits. Le Bouddha debout sur la paroi ouest n'est plus reconnaissable, nous voyons seulement ses pieds et son socle de lotus, le Bouddha à l'est faisant le signe de l'apaisement est relativement en bon état.

Dans toutes les cinq grottes de Tanyao, on trouve la sculpture des dais. Ça nous raconte une histoire : le Bouddha marcha sous le soleil brulant, un berger lui fit un parasol en paille et marcha avec lui sans se rendre compte qu'il oublia déja son troupeau. Le Bouddha dit " il sera réincarné en noble menant une vie comfortable." La sculpture des dais est aussi un grand respect au Bouhhda.

▼ grotte 20 et le secteur ouest

L'ère de l'impératrice

(grotte No.13)

statue principale de la grotte 13 :
Maîtreya

Peu de temps après l'achèvement des travaux principaux des cinq grottes de Tanyao, l'empereur Wencheng mourut à la fleur de l'âge. La jeune impératrice Feng épaula son fils de 12 ans de monter au trône et il fut appellé l'empereur Xianwen.

En 466, les travaux des grottes dans le mont Wuzhou furent continués. La sculpture fut commencée par l'ouest du secteur central, la grotte 13 d'abord et ensuite les grottes 12, 11.

La grotte 13 fut creusée en 466 et fut platrée et peinte sous la dynastie des Qing, comme les grottes 9, 10, 11 et 12. Sa forme passe du plan oval avec le plafond voûte des premières grottes au plan carré avec le plan fond carré de la deuxième phase des travaux. Des trous en-dessus nous fait connaître qu'il y avait un temple devant les grottes 13, 12 et 11.

La statue principale est le Bouddha Maîtreya avec les deux jambes croisés, 12.95 mètres de haut, assis sur un socle carré, la main gauche sur son genou, la main droite vers le ciel supporté par un hercule à quatre bras. En appliquant le principe de la mécanique, les artisans firent la consolidation ingénieusement. Le bouddha maitreya a le visage plein et le

paroi ouest de la grotte 13

54

▲ parois est et ouest de la grotte 13

nez droit, mais c'est sa masque en argile tardive, on connais plus sa physionomie d'origine.Sa mandorle est abimée. En 1989, deux pierres noires incrustées dans le pied droite sont découvertes. Ainsi, il est pensé que la statue représante l'empereur Wencheng, l'empereur Xianwen fit la statue pour son père(sûrement selon l'idée de l'impératrice Feng).

Sur les deux côtés de la fenêtre sont sculptés respectivement deux bodhisattvas. Les reliefs à l'intérieur ne datent pas de la même époque que la statue principale, plus tardifs, même du 11e siècle. Sur la paroi est, on voit des niches de cinq niveaux. Au première niveau, dans la niche du sud, Çakyamuni et le Bouddha du trésor font la discussion face en face, entourés des bodhisattvas

tête de la statue principale de la grotte 13

statue au
nord-est de
la fenêtre de
la grotte 13

et des apsaras(danseurs et musiciens) ; dans la niche centrale, Maitreya s'assied sur le lion. Au deuxième niveau, Çakyamuni et le Bouddha du trésor au milieu et deux bodhisattvas des deux côtés. Les statues du troisième et quatrième niveaux ressemblent au deuxième, mais portent des vêtements différents. Au cinquième niveau sont sculptées les mille Bouddha.

La grotte 13 fut creusée tout de suite après que l'empereur Xianwen fut installé au trône. A l'âge de 12 ans, il ne put donner aucune idée sur la sculpture, ce fut sa mère, l'impératrice Feng qui tira les ficelles dans la coulisse. Il abdiqua peu de temps après l'achèvement de cette grotte et mourut en 476 à l'âge de 23 ans.

L'empereur Xianwen fut mort très jeune, mais les haches et les burins ne s'arrêtèrent pas dans le mont Wuzhou...

Grotte de la musique

(grotte No.12)

extérieur des grottes 9-13

La forme de la grotte 12 est différente des cinq grottes de Tanyao. Elle se divise en deux chambre, avec quatre colonnes devant(celles des deux côtés s'est effondré en grande partie), ça ressemble beaucoup aux poteaux de galerie dans les palais romains. Les chambres antérieure et postérieure sont toutes du plan carré avec le plafond plat, c'est une particularité de la deuxième phase des travaux.

Nous voyons d'abord la chambre antérieure.

Le plafond en rectangle est composé de huit carrées, une fleur de lotus est sculpté dans chaque carrée entourée de huit apsaras.

Sur la paroi sud de la chambre antérieure, il y a quatre niches avec les sculptures représantant des histoires du Bouddha.

De l'est à l'ouest, la première niche est complètement détruite. Dans la deuxième, le Bouddha assis avec son bol dans les mains est accompagné des deux bodhi-

▲ apsaras prenant des instruments de musique différents à la fenêtre

sattvas. Dans la troisième, le Bouddha Çakyamuni, torse nu, côtes saillantes, fait des ascèses. D'après des soutras, le Bouddha était prince avant de devenir moine, il abandonna ses honneurs et richesses pour chercher la juste voie, il

◄ caisson de la grotte 12

imitation du batiment persan sur la paroi ouest de la grotte 12

vit en ascète pendant six ans. Dans la quatrième, c'est la statue du Bouddha assis, en-dessous à l'est, deux personnes se mettent à genou, à l'ouest, deux bodhisattvas à genou aussi. C'est aussi une histoire bouddhique : deux sages brahmaniques eurent chacun cent disciples et furent respectés par le peuple. Ils s'entendirent bien et jurèrent tous les deux : "n'importe qui connais d'abord la juste voie, il faut se communiquer." Peu après, ils découvrirent que le Bouddhisme fut meilleur que le Brahmanisme et décidèrent après consultation de se convertir au Bouddhisme. Avant de partir, ils dirent aux disciples : "nous trouvons que le Bouddhisme est la seule juste voie et décidons de se convertir

caissons au plafond

au Bouddhisme, comment pensez-vous ?" Les disciples voulurent les suivre aussi. Ainsi, les deux sages et leurs disciples devinrent moines bouddhistes auprès du Bouddha. Les deux personnes à l'est représantant les deux sages et les deux boddhisattvas, les deux cent disciples.

Entre les quatre niches, sont sculptés sept apsaras en haut-relief.

Sur la paroi nord de la chambre antérieure sont percées la fenêtre d'éclairage en-haut et la porte en-bas. pour entrer dans la chambre postérieure.

Dans la fenêtre, sur le côté est, un moine fait la méditation sous un arbre au sud et un Bouddha avec des donnateurs au nord ; sur le côté ouest, le moine pareil au sud et Çakyamuni et le Bouddha du trésor en discussion au nord. Au milieu de la fenêtre, un lotus géant entouré des apsaras.

En-dessus de la fenêtre, dix-sept apsaras autour du Bouddha assis du milieu constituent un grand orchestre. Ils jouent aux instrument de musique différents comme Konghou(cithare chinoise), Wuxian(gitare à cinq cordes), Tanzheng(cithare à 13-16 cordes), Paixiao(flûtes de bambou droites), Pipa(gitare à quatre cordes), Hujia(chalumeau fait d'une feuille de roseau enroulée), etc... un scène magnifique de l'équipe imposante !

A l'est de la fenêtre, devant un Bouddha

sermon du Çakyamuni sur la paroi ouest de la grotte 12

assis on voit trois moulins à prière, des deux côtés desquels sont sculptés deux cerfs, cinq donnateurs à l'est de la niche et cinq nonnes à l'ouest. Ça représante le premier sermon du Bouddha après son éveil à Mrgadava(jardin des cerfs). Les trois moulins à prière représantent le Bouddha, le Dharma et la communauté bouddhique, les deux cerfs indiquent le lieu.

A l'ouest de la fenêtre, deux gardiens célestres portant le bol se mettent à genou devant le Bouddha.

En-dessous de la fenêtre, c'est la porte en arc sculptée des phénix des deux côtés, deux dragons sur l'arceau et des hercules à l'intérieur. La sculpture de la porte est pleine des apsaras.

paroi nord de la chambre arrière de la grotte 12

Ces danseuses et musiciens constituant un grand ensemble dansent , chantent et font de la musique dans cette grotte, d'où vient le nom de la grotte de la musique bouddhique.

Sur les parois est et ouest, sont sculptées des niches de deux niveaux. A l'est, un bodhisattva s'assied en forme de lotus avec un gardien devant. A l'ouest, en-haut, sur les chapiteaux de la niche en forme d'une maison, on voit le lion et le Taotie(fils du dragon). Le lion est vénéré dans le Bouddhisme indien, on trouve ces influences dans les sculptures des grottes en Chine. Et le Taotie est sans doute influencé par la nation chinoise. En-bas, sont sculptées deux niches moyennes. Dans la niche sud, Bouddha dompte un dragon. Dans la niche nord, Bouddha porte un bol sous le dai avec un Brahmacarin devant lui. Ça nous raconte l'histoire ci-dessous : un Brahmacarin appellé Kasyapa fut intélligent et savant. Il fut dégouté du monde et habita dans une montagne. Il dit souvent : " Bouddha cherche la juste voie, je voudrais lui suivre aussi." Ayant connu qu'il posséda les vertus du Bouddhisme, Bouddha réfléchit de l'accepter comme son disciple. Il arriva et se mit à genou devant Bouddha en disant trois fois: "Bouddha, vous êtes mon maître, je suis votre disciple." Il fut accepté par Bouddha et devint un de ces disciples préférés.

On rentre dans la chambre postérieure. Le plafond à caisson se divise en neuf compartiments. Dans les trois compartiments sud sont sculptés d'est en ouest un yaksa intrépide, un asura de quatre bras prenant le soleil, la lune, l'arc et la flèche et un apsara assis. Dans les deux compartiments nord,

apsara au plafond

sermon du Bouddha sur la paroi nord

Vishnu de trois têtes, six bras assis sur un taureau et Shiva de cinq têtes, six bras assis sur un aigle. Dans les deux compartiments ouest, un yaksa et une autre statue abimée. Dans les deux compartiments est, la sculpture pareille.

Entre les caissons sont sculptés des apsaras qui font des mouvements gracieux différents l'un de l'autre.

Sur la paroi nord, la sculpture dans les niches de deux niveaux est abimée en grande partie.

Sur le côté est de la porte, Çakyamuni en méditation est sculpté dans la niche. A l'extérieur de la niche, des religieux et des donateurs en-haut ; en-bas, quatre statues debout et deux chameaux à l'ouest, quatre statues debout

1e niveau de
la paroi nord

et deux chevaux à l'est.

La grotte 12 et les autres 11,10,9,8,7,6,5 furent creusées en effet entre 471 et 491, après l'abdication de l'empereur Xianwen et durant le règne de l'impératrice douairière Feng.

Ce fut la période où l'économie de la dynastie des Wei du Nord atteingnit son sommet. De nombreux pays présantèrent le tribut à la cour

colonnes
devant la
grotte 12

impériale, surtout entre 471 et 499, elle devint autant riche.

D'après les annales de la dynastie des Wei, durant les travaux des grottes 12 et 11, la cour impériale fit visiter les trésors exposés à la capitale aux envoyés diplomatiques de tous les pays. Très surpris, un des diplomates demanda : "je n'ai jamais vu dans ma vie un pays aussi abondant, les trésors se produisent partout dans les montagnes de Pingcheng ?" On peut imaginer la richesse de la dynastie des Wei du Nord. La grotte 12 et les autres postérieures sont toutes somptueuses, c'est influencé par les facteurs politiques et économiques de cette période.

Grotte Somptueuse

(grotte No.11)

boddhisattva dans la grotte 11

C'est ici que la tour carrée centrale fit sa première apparition dans l'ensemble de Yungang, elle est du même groupe avec les grottes 12 et 13. Sa différence avec la grotte 12 est qu'elle n'a qu'une seule chambre.

Sur la paroi est, on voit plusieures séries de statues. Dans la partie sud, tout en-haut, en-dessous des rideaux, il y a cinq niches autour desquelles sont sculptés les mille Bouddha. Dans une des cinq niche, c'set le bodhisattva Maîtreya assis ; dans une autre, les bodhisattvas Manjusri, Mahathamaprapta et Avolokitesvara. En-dessous est gravée une inscription.

Malgré le manque des mots, on peut reconnaître qu'elle s'exprime les vœux des donnateurs qui firent sculpter les statues. En 483, 54 donnateurs d'une organisation bouddhiste appellé Yiyi firent sculpter ces statues pour trois souhaits : premièrement, la prospérité éternelle des gouvernants des Wei du Nord ; deuxièmement, la vie comfortable et le soulagement des malheurs des ancêtres et leurs parents ; troisièmement, la manifestation de la puissance du Bouddhisme et la protection des croyants.

Les statues sur la paroi est sont les premiers ouvrages payées par le peuple dans l'ensemble.

7 Bouddhas debout sur la paroi ouest de la grotte 11

La sculpture se divise en trois niveaux sur la paroi ouest. Dans la grande niche du milieu en forme d'une maison, sont sculptées sept statues debout de 2 mètres de haut. La niche imite la construction traditionnelle en bois, les auvents et les briques sont représantés. Deux statues du nord parmis les sept sont gravement abimées. Les autres cinq sont relativement mieux préservées : ils ont tous les bouclettes, une robe large avec un nœud devant la poitrine. D'après les soutras, elles représantent sept Bouddha du passée qui firent leur apparition dans le monde humain. Ainsi, on voit souvent dans les grottes la représantation des sept Bouddha du passée.

La fenêtre et l'entrée sont ouvertes au milieu de la paroi sud. A l'est de la fenêtre, on voit un Bouddha assis dans la niche. A chaque côté de la niche, une tour contenant Çakya-muni et le Bouddha du trésor en discussion. La tour est sur-montées d'une flèche composée d'un bol,des moulin à prière et des perles. Des religieux et des donnateurs sont sculptés au nord et au sud de la niche. Une inscription au milieu est encore un peu reconnaissable. Les statues furent faites par une fidèle pour son mari mort en 495.

A l'ouest de la fenêtre est sculptée une tour ronde de cinq niveaux avec cinq petites niches en-haut. Sur le côté est de la porte et de la fenêtre, Les niches contenant les Bouddha en-haut et au milieu, les petits Bouddha en six rangées en-bas, mais très abimés.

Une caractéristique de la grotte 11 est qu'elle a un pilier central en forme de tour carrée, c'est typique dans les grottes

paroi est de la grotte 11 : mille Bouddhas

extérieur de la grotte 11

de son époque. La tour se divise en trois niveaux avec les sculptures différentes. Elle est construite pour que les moines tournent tout autour.

Dans le niveau supérieure, sur chaque côté, est sculpté un asura de trois têtes et quatre bras entouré des chèvrefeuilles. Sur chaque côté du niveau du milieu est sculpé un bodhisattva assis en forme de lotus, accompagné des serviteurs des deux côtés.

Sur le côté sud du niveau inférieure, un Bouddha debout est déja plâtré postérieurement tandisque les deux bodhisattvas serviteurs n'ont pas de traces de plâtrage. D'après des recherches des experts, ces deux statues ne datent pas de la même époque que le Bouddha central, elles sont construites probablement sous la dynastie des Sui.

Au plafond autour du pilier central, il y a deux dragons à chaque côté, ces huit dragons et les quatre asuras sont tous les gardiens du Bouddhisme.

Grottes jumelles
(grottes 10-7)

extérieur des
grottes 10,9

Les grottes 10 et 9 sont jumelles, avec les grottes 8 et 7, elles sont creusées durant le règne réel de l'impératrice douairière Feng, les 10 et 9 d'abord, les 8 et 7 ensuite.

La construction des deux grottes jumelles est un œuvre de pionnier des grottes bouddhiques. A part des éléments des théories bouddhiques, elle se rapporte à l'histoire spéciale de la dynastie des Wei du Nord.

En 465, l'empereur Wencheng mourit, son fils de 12 ans se succéda au trône et fut nommé l'empereur Xianwen. Huit mois après, l'impératrice douairière Feng incita Yuan Pei à déclancher une révolution et tua le ministre influent, Yi Hun. En 466, elle assista aux débats sur les affaires d'Etat. Et après, elle détrôna l'empereur Xianwen et soutint l'empereur Xiaowen. Jusqu'à sa mort en 490, elle prit le pouvoir impérial en main pendant 25 ans. L'empereur n'exista que pour la forme. Ainsi, la situation politique de deux majestés apparut. Les grottes jumelles firent allusion aux deux majestés. Bien sûr, la construction des grottes fut dans l'intention de développer le Bouddhisme, mais malgré tout, les influences de son époque furent inévitables. Les statues furent sculptées dans les grottes et l'histoire se cache derrière.

La grotte 10

Les grotte 10 et 9 sont creusées en même temps et possèdent toutes deux chambres : anté-rieure et postérieure. Comme elles sont pareilles dans la forme et dans le style de la sculpture,

sculpture de la fenêtre de la grotte 10

▲ chambre antérieure de la grotte 10

◢ parois ouest et nord de la grotte 10

elles sont appellées par les rechercheurs les grottes jumelles.

Devant les chambres antérieures de ces deux grottes, il y a respectivement deux colonnes octogonales sculptées des niches de dix niveaux, sous les colonnes, c'est un socle Sumeru posé sur la base en forme d'un éléphant. Les huit colonnes disposées horizontalement en même rangé ressemblent beaucoup aux celles devant le temple d'Athéna en Grêce. C'est une création des sculpteurs anciens sur la base de la culture chinoise en absorbant les cultures étrangères.

Devant la chambre antérieure de la grotte

10, il y a quatre colonnes. La sculpture des deux du milieu est riche en thème et du travail raffiné. Les deux des côtés sont gravement abimées. Celle de l'est, reliée ensemble avec la colonne de l'ouest de la grotte 9, se divise en deux niveaux :

au niveau inférieure est sclpté le mont Sumeru avec des animaux comme cerfs et tigres,etc ; au niveau supérieure sont sculptés des Yaksa, apsaras et deux Bouddha assis. Sur la colonne de l'ouest, on voit des yaksa, deux dragons s'enroulant autour du mont Sumeru et Bouddha Çakyamuni assis dans une maison.

On voit les deux colonnes du milieu. Sur le face sud de la base sont sculptés deux éléphants prenant une perle avec sa trompe, sur les autres trois

gardien dans la grotte 10

▲ paroi
est de la
chambre
antérieure

faces, deux lions marchant face en face, une perle au milieu ; sur la base, un éléphant supporte la colonne. Sur le dos de l' éléphant, un socle avec la sculpture de quatre Yaksa, en-dessus, des lotus et puis des chèvrefeuilles, et puis la colonne octogonale. Sur chaque face, dix niveaux de sculpture, deux niches contenant les Bouddha assis à chaque niveau. Plus en-dessus, encore des lotus et des chèvrefeuilles. Toute la colonne est somptueuse et richement décorée, ça ressemble aux colonnes devant le temple d'Athéna construit au 6e siècle av. J.-C, mais beaucoup plus compliquée en sculpture

► mont
Sumeru de
la chambre
antérieure

▲ apsara
au voûte

◣ partie
de la paroi
est

que les dernières. Les thèmes de la sculpture des colonnes dans les grottes de Yungang sont ressemblables aux ceux des grottes Ajanta en Inde. On peut dire que les colonnes sont créés sur la base de l'architecture chinoise mais en absorbant les arts grec et Gandhara indien, C'est le style propre de Yungang.

Après traverser les colonnes, on rentre dans la chambre antérieure. La fenêtre est ouverte cn-dessus et la porte en-dessous dans la paroi nord. La fenêtre est en plein cintre, au comble, est sculpté un énorme lotus, entouré des 4 Yaksa et des 4 apsaras. Sur les deux côtés, est sculpté respectivement un Bouddha en méditation accompagné des mille Bouddha. La sculpture à l'extérieure est plus compliqué, elle est du trois niveaux, du bas en haut : six yaksa du

▲ paroi est de la chambre postérieure de la grotte 10

♠ bodhisattva sur la paroi est de la chambre postérieure

même rang ; un Bouddha assis accompagné de 5 bodhisattvas serviteurs à chaque côté ; les 14 Upasakas(hommes croyants) et des hercules. A l'est et à l'ouest de la fenêtre, il y a respective-ment un dragon d'une seul corne sur le lotus, en-dessous, un bo-dhisattva à genou. En haut , est sculpté toute la rangé des 18 niches contenant les musiciens. Sauf deux musiciens, les autres prennent chacun un instrument de musique, par exemple, la flûte, le Pipa, le Se(cithare à 25 cordes), trois tambours, le Bili, le Suona(hautbois), la flûte droite, etc...les deux qui n'ont pas d'instrument de musique sont chef d'orchestre.

Ces instruments de musique étaient joués par les ethenies minoritaires sous la dynastie des Wei du Nord, probablement pour faire de la musique populaire. De ces sculptures et de la grotte 12 de la musique bouddhique, on peut connaître que les traces de la vie des Tuopao étaient gardés

Les grottes de Yungang et la dynastie des Wei du Nord

84

sermon du Çakyamuni sur la paroi est de la chambre 10

encore dans leur rite avant les réformes.

Entre la fenêtre et la porte est sculpté le mont Sumeru. Deux dragons s'enroulent à flanc du mont. Dans le mont, il y a des animaux comme cochon, loup, singe,tigre, lièvre, chèvre, cerf, ours, des oiseaux et des arbres. En-dessous, ce sont des apsaras. A l'est du mont, un Asura de trois têtes et quatre bras prenant la lune et le soleil ; à l'ouest, un Asura de cinq têtes et six bras prenant le soleil, la lune, l'arc et la flêche.

A l'est et à l'ouest de la fenêtre sont sculptées deux ronde niches moyennes contenant

Çakyamuni et le Bouddha du trésor en discussion accompagnés de deux disciples. En-dessous des niches, six apsaras et des phénix sur les lotus. En-dessus, neuf Bouddha assis et huit Yaksas.

La porte est en forme carrée. Au linteau de porte, une perle en forme d'un brule-parfum est supportée par 4 apsaras. Sur les deux côtés à l'intérieure, deux hercules de 2.5 mètres de haut, à l'est et à l'ouest , deux Yaksas. A l'extérieure, des lotus et des chèvrefeuilles avec la décoration des animaux, des oiseaux et des personnages.

Sur la paroi à l'ouest de la porte, un bodhisattva avec l'auréole s'assied sur un éléphant. Dans les reliefs à l'est, un moine quitte la mai-

Bouddha sur la paroi nord de la grotte 10

mont Sumeru dans la chambre antérieure de la grotte 10

son et une personne s'assied en forme de lotus pour faire la méditation.

Sur la paroi est de la chambre antérieure, les bandes dessinées en relief racontent des histoires bouddhiques différentes.La sculpture se divise en trois parties : au nord, on voit successivement un Bouddha assis dans la niche avec un bodhisattva à genou devant, un Bouddha debout sous le dai avec un disciple prenant un lotus et un disciple traversant la porte ; au sud, un homme trayant un animal et un bouddhiste donnant des offrandes devant un Bouddha debout ; au milieu, un Bouddha assis, quatre tours de quatre étages contenants des Yaksas qui font des mouvements des arts martiaux.

En-bas de la paroi est, un homme se prosterne devant Bouddha. La paroi ouest est symétrique et presque pareille en sculpture.

On rentre dans la chambre postérieure.

La sculpture sur la paroi nord est presque toute abimée. Seulement le reste de la niche, l'auréole et des flammes decoratifs sont encore reconnaissables.

Sur la paroi sud, entre la fenêtre et la porte, on voit les motifs des chèvrefeuilles et les garçons dans les fleurs de lotus. A l'est de la porte, un Bouddha s'assied dans une niche en forme de maison, 5 personnes portant l'habit du bodhisattva se mettent à genou des deux côtés. A l'ouest, les sculptures représentent les histoires du Bouddha Çakyamuni : comment il dompte les démons avant son Eveil. A l'ouest de la porte, dans une niche en forme d'une maison, Bouddha donne des sermons, trois moines et deux bodhisattva restent tout autour. A côté, deux personnes montent sur un éléphant.

Sur la paroi est, une femme se fait raser par une bonzesse devant des croyants pour se convertir au Bouddhisme.

Sur la paroi sud sont sculptés deux bodhisattva à l'est et trois bodhisattvas à l'ouest, ils représantent le roi du Royaume Yuezhi et ses sujets qui étaient fidèles du Bouddhisme.

La grotte 9

A travers la porte dans la paroi est de la grotte 10, on rentre dans la grotte 9 qui est ressemblable à la première, ayant aussi deux chambres.

Il y a aussi 4 colonnes devant la chambre antérieure, celle de l'ouest est la même que celle à l'est de la grotte 10, les deux

Bouddhas
en discussion
dans la
grotte 9

du milieu n'ont pas de différences avec celles de la grotte 10.sur la colonne de l'est sont sculptés le mont Sumeru et le Bouddha Çakyamuni expliquant le Dharma à sa mère au ciel.

Dans la paroi nord de la chambre antérieure sont ouvertes la fenêtre en-dessus et la porte en-dessous.

Sur les parois à droite et à gauche de la fenêtre, sont sculptées respectivement une tour de 5 étages. A chaque étage, deux Yaksas se

combattent en imitant des mouvements des arts martiaux. Ces sculptures ont puisé leur sujet dans la vie sociale de l'époque, on peut connaître que les arts martiaux sont bien développés sous la dynastie des Wei du Nord.

En-haut de la fenêtre, il y a trois niveaux de sculptures : au niveau supérieure, six niches contenant des apsaras prenant des instruments de musique différents ; au milieu, huit

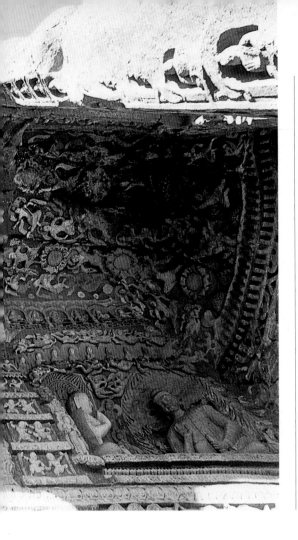

plafond de la grotte 9

Yaksas ;en-bas, neuf Bouddha assis. Des deux côtés de la fenêtre, un Brahmacarin(moine non-bouddhiste) prenant une tête de mort. Ça raconte une histoire : Bouddha rencontra le moine dans une montagne, il ramassa une tête de mort et lui demanda : "vous connaissez bien la médecine, vous pouvez guérir beaucoup de maladies et savoir la cause de mort, cette tête etait d'un homme ou d'une femme et quelle est la raison de mort ?'' Le moine répondit : ''c'était un homme et il est mort de maladie.'' Bouddha prit une autre tête et posa la même question. Après l'avoir regardée plusieure fois, le moine répondit : ''je connais rien.'' Bouddha lui dit : ''c'était la tête d'un harat.'' Le moine se mit à genou : ''je connais beaucoup de choses, mais rien du Bouddhisme.''Il se convertit au Bouddhisme et devint finalement un harat.

Au voûte de la fenêtre, à l'est, un boddhisattva assis sur le lotus, un lotus dans la main droite et une bouteille dans la main gauche; une personne tenant un parasol au sud et une autre debout au nord, deux moine avec les mains join-

apsaras au plafond

tes devant ses pieds. à l'ouest, un boddhisattva sur l'éléphant. Derrière lui, une personne tenant un parasol et deux apsaras faisant de la musique avec le Pipa et la flûte. Au cime, un énorme lotue est supporté par 4 Yaksas, 4 apsaras dansent autour.

Les deux statues principales au voûte sont deux bodhisattvas, un sur le lotus, l'autre

pagode sur la paroi ouest de la grotte 9

sur l' éléphant. Elles représentent le bodhisattva Wenshu(Manjusri) rendant visite au Bouddha sur le lotus et Puxian(Samantabhadra) pechant sur l' éléphant.

La porte imite une maison en bois. A deux extrémités du toit, sont sculptés des Chimères, quatre triangles décoratifs et cinq aigles gardiens, même les tuiles, les auvants, les poutres sont représantés en détail. En-bas, qua-

▲ paroi
ouest

♠ apsaras
au plafond

tre apsaras dansent autour d'une perle en forme du brûle-parfum. Au linteau sont sculptés 5 lotus entre lesquelles sont plein de chèvrefeuilles et de Yaksas. Des deux côtés du toit de la maison, deux heucules armés. Au mlieu, 4 Yaksas supporte une perle, à l'intérieur de la porte, deux gardiens aussi. La porte et les statues reflètent en effet les constructions du palais dans la capitale de la dynastie des Wei du Nord et aussi l'image de l'armée impériale.

En-dessus de la porte, on voit toute la rangée des niches contenant trois orchestres constitués de 17 apsaras. Les instruments de musique comme des tambours, des cithare, des gitares et des flûtes sont encore reconnaissables. Ce grand ensemble des musiciens font de la misique pour les Bouddha, en réalité, ça représante des spectacles de l'orchestre impérial des Wei du Nord.

La paroi ouest de la chambre antérieure se divise en 4 niveaux, les reliefs du 2ᵉ niveau raconte la vie d'un fidèle, il est ressuscité après sa mort grâce à ses bons actions. Le premier relief représante qu'il soigne ses parents avec beaucoup de patience ; le deuxième montre qu'il vit dans la montagne avec ses parents pour pratiquer le Bouddhisme ; le troisième, il s'amuse avec des animaux dans la montagne ; le quatrième, il est tué par la flèche du roi, ses parents pleurent sans arrêts ; le cinqième, le roi se met à genou devant son corp ; le sixième, le roi se repentit devant ses parents. Sur la paroi ouest, l'histoire est continuée jusqu'il revient à la vie. En-dessous des reliefs, une porte en plein

▼ bodhisattva avec les deux jambes croisées sur la paroi nord de la chambre antérieure
▼ bodhisattva avec les deux jambes croisées sur la paroi nord

cintre est ouverte pour rentrer dans la grotte 10, un gros lotus soutenu par deux danseuses sur l'arc. Au 3ᵉ niveau, un fidèle se prosterne devant un Bouddha assis. Dans la niche en forme de maison du 4ᵉ niveau, un Bouddha assis est accompagné de deux bodhisattvas serviteurs.

La paroi est est presque pareille. Dans la niche du 4ᵉ niveau s'assied le bodhisattva Maîtreya couronné. Le bodhisattva sous un arbre à côté représante Çakyamuni avant son Eveil. Il était prince. Un jour, il regarda les paysants labourer les champs sous un arbre. Il vit les vers dans le sols s'entre-tuer et les sentit pitoyables. Il commença à prendre ses consciences.

Le plafond à caissons est sculpté des lotus, des apsaras, des Yaksas et des disciples.

Dans la chambre postérieure, sur la paroi nord, un Bouddha assis de 10 mètres de haut, accompagné des deux bodhisattvas sont abimés et platrés antérieurement, on connais plus le style d'origine.

A l'est de la paroi sud, en-bas, un Bouddha assis entouré des religieux et des donnateurs ; au milieu, un Bouddha reste debout sous le dais, deux personnes à genou et un bodhisattva à l'est, deux moines à l'ouest. Ça raconte aussi une histoire : deux frères se disputèrent et ils demandèrent le Bouddha de juger lorsqu'il expliqua les doctrines aux moines. Très touchés par les théories, les deux frères prirent la conscience et devin-

Yaksa sur la paroi nord de la chambre antérieure

rent harats. Ayant appris cette bonne nouvelle, leur père mourut de la joie et monta au ciel. Le Bouddha lui apprit le Dharma et il atteingnit aussi l'Eveil. Deux personnes à genou sont les deux frères et les deux moines sont eux aussi après leur Eveil, le bodhisattva est leur père.

A l'ouest de la paroi sud, il y a des niches de 3 niveaux. En-bas, un démon prend un enfant dans la main, c'est la mère diable de 500 enfants qui devint gardien du Bouddhisme sous l'enseignement du Bouddha. Au milieu, 16 bodhisattvas se mettent à genou devant le Bouddha assis. C'est un thème du Mahayana(grand véhicul) qui était répandu sous la dynastie des Wei du Nord. En-haut, des serviteuses célestes tiennent des dais devant un Bouddha assis. Dans la niche à côté, cinq personnes se prosterne devant le Bouddha assis dans les flammes. C'est aussi une his-

paroi est de la chambre antérieure

imitation de la construction de la dynastie des Wei du Nord

toire dans le Bouddhisme : cinq cents religieux non-bouddhistes se ruinèrent parcequ'ils ne respestèrent pas le Bouddha. Ils décidèrent de se brûler pour se réincarner plus tôt que possible.Ils rammassèrent beaucoup de paille pour faire du feu. Plein de charité, le Bouddha les sauva. Etant reconnaissants du Bouddha, ils se convertirent au Bouddhisme. Les cinq personnes devant le Bouddha représantent les cinq cents religieux.

Sur la paroi ouest, deux bodhisattvas supportant un bol dans la main sont en conversation, deux autres debout à l'extérieure de la niche, endessous, un Bouddha assis avec deux moines à genou. Ces sculptures racontent l'histoire ci-dessous : un homme devint pauvre parcequ'il don-

▲ sculpture sur la paroi ouest de la chambre antérieure

▲ histoire du Bouddha

na beaucoup d'offrandes. Il travailla comme serviteur pour gagner sa vie. Il obtint une fois du riz et sa femme fit un chaudron de bouillie. Les dix disciples principaux du Bouddha vinrent mendier de la nourriture l'un après l'autre. Finalement elle offrit le dernier bol de bouillie au Bouddha. L'homme rentra à la maison et vit le chaudron vide, il demanda pourquoi. Sa femme lui dit la cause. L'homme dit à sa femme : "même nous avons faim, nous devons offrir de la nourriture aux saints." Peu après, ils découvrirent que leur grenier fut rempli du riz et le riz ne fut jamais fini. Les deux bodhisattvas assis représantent le couple gentils et le Bouddha assis et des moines représantent Çakyamuni et ses disciples.

Au plafond sont sculptés des apsaras et des

gardiens.

La grotte 8

Les grottes 8 et 7 sont jumelles aussi. Elles sont creusées pendant 7 ans, à l'apogée du règne partagé par l'impératrice-douairrière Feng et l'empereur Xiaowen.

Le dirigeant des travaux s'appella Wang Yu, de la minorité nationale des Qiang. Sous le règne de l'empereur Xiaowen, il fut promu duc et dirigea beaucoup de travaux des tombeaux et des palais. D'après les annales de la dynastie des Wei, il fut un eunuque qui gagna la faveur de l'impératrice-douairrière Feng et devint une personnalité dans la cour impériale. Il créa pas mal de beaux ouvrages à la capitale Pingcheng, mais

Shiva dans la grotte 8

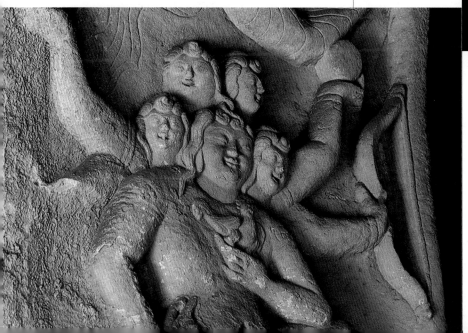

aussi à Shaanxi, son pays natal, le temple Huifu par exemple. Cet eunuque puissant nous a laissé beaucoup de patrimoine grâce à son talent remarquable en architecture.

Un an après l'achèvement de ces deux grottes, l'impératrice-douairrière Feng mourut.

La forme et la disposition des statues dans ces deux grottes sont ressemblables. Lors de la construction, les ravins furent creusés d'abord au flanc du mont pour construire le batiment de bois devant, et puis la grotte fut creusée derrière. Entre ces deux grottes, il y a une porte de passage.

Devant la chambre antérieure de la grotte 8, il y a un batiment de bois. Les parois est et ouest sont toutes abimées, seulement les donnateurs en-bas sont un peu reconnaissables. Sur la paroi nord de la chambre postérieure sont sculptés deux niveaux de grandes niches. Celle d'en-bas est déja abimée. En-haut de la niche supérieure sont sculptés 10 apsaras musiciens et dans chaque de 12 carreaux au comble, deux apsaras dansent face à face.

Dans la paroi sud de la chambre postérieure sont ouvertes la fenêtre et la porte. On voit deux dragons à l'arc de la fenêtre et millle Bouddha en-dessus.

La grotte 7

La chambre antérieure de la grotte 7 est gravement abimée.

La paroi nord de la chambre postérieure se divise en

tour de 5 étages sur la paroi ouest de la chambre postérieure de la grotte 7

Asura à l'ouest de la porte de la grotte 7

deux niveaux. En-bas, c'est une grande niche contenant le Bouddha Çakyamuni et le Bouddha du trésor. Dans la niche en-haut, au milieu un bodhisattva décoré de la couronne, des bijoux et des dragons s'assied dans le lotus sur un lion. Des deux côtés, deux Bouddha assis. A l'extérieure de la niche sont sculptés deux bodhisattvas serviteurs. Le bodhisattva du milieu représante Çakyamuni et les deux Bouddha sont celui du passé et du futur.

Les grottes 8 et 7 possèdent les même thèmes et la forme pareille, elles reflètent la prospérité du Bouddhisme à l'époque et aussi la vie des gouvernants de la dynastie des Wei du Nord.

Grotte de l'impératrice

(grotte No.6)

La grotte 6 possède 2 chambres et un bâtiment de bois à 4 étages devant reconstruit au début de la dynastie des Qing. Comme elle se trouve sur le même axe que la porte principale construite sous les Qing, elle devient le centre de l'ensemble.

Elle est réputée pour la grande envergure, les thèmes abondants, la disposition grandiose et la sculpture d'une grande finesse. Elle est la grotte la plus somptueuse dans l'ensemble de Yungang.

La grotte 6 fut creusée entre 490 et 495, à l'apogée de la dynastie des Wei du Nord, au moment des réformes de l'empereur Xiaowen, où l'économie et la culture se développèrent rapidement.

pilier central
de la grotte 6

niche sud
de la partie
inférieure
de la tour
centrale de
la grotte 6

En 490, l'impératrice-douairrière Feng mourut. L'empereur Xiaowen qui devint indépendant en politique décida de construire une grotte pour sa grand-mère(d'où vient le nom de la grotte de l'impératrice). Ce fut à l'époque une action d'éclat, qui donna des idées nouvelles au Bouddhisme et rajouta aussi des thèmes sociaux aux grotte de Yungang. Ça élargit le cours de la pensée pour la création des grottes. L'empereur Xiaowen réussit à créer avec vigueur ce précédent en s'appuyant sur le reste de prstige de l'impératrice-douairrière Feng et son pouvoir stable. Cette action fut reconnue par les milieux bouddhiques et politiques. Sur la base du creusement de la grotte 6, les deux grottes construites pour l'empereur Xiaowen et

niche ouest de la partie inférieure de la tour centrale

sa femme furent réalisées à Longmen. Le premier coup de hache donné dans la grotte 6 pour l'impératrice-douairrière Feng résonne dans le mont Wuzhou et aussi dans le tunnel historique depuis 1,500 ans.

La merveille de la grotte 6 est la tour centrale du plan carré qui touche le plafond, environ 15 mètres de haut. Elle se divise en deux niveaux, 4 grande niches à chaque niveau.

Au niveau inférieur, les Bouddha de 5 directions sont

sculptés dans les 4 grandes niches. Dans la niche sud est le Bouddha du Nord(le même que Çakyamuni, mais ayant le nom différent), à l'extérieure, il y a deux harats, deux bodhisattvas,deux gardiens, deux bodhisattvas couronnés, deux bodhisattvas en révérence et deux Yaksas, au total 12 serviteurs, cette sculpture est unique dans les grottes de Yungang, même dans les autres grottes en Chine. En-haut de la niche sont sculptés 10 Bouddha et 4 bodhisattvas, 4 apsaras et 3 Yaksas dans les carreaux ; à l'arc de la niche, on voit les mille Bouddha entourés des apsaras ; au bord de la niche sont des apsaras danseuses et deux gardiens. Toute la sculpture représante le sermon du Bouddha dans le mont Sumeru. Dans la niche ouest est le Bouddha de l'Est assis. La niche est pareille que celle du sud, le Bouddha est accompagné aussi de 12 serviteurs. La niche nord contient le Bouddha du Sud à l'ouest et le Bouddha du Centre à l'est. Ils ont 8 serviteurs. Dans la niche est est le Bouddha de l'Ouest avec 12 serviteurs.

Pourquoi les Bouddha sont dans l'envers de leur direction ? C'est une habitude dans la sculpture bouddhique. Ça dépend de la direction à laquelle le dos du Bouddha fait face.

pilier central

Au niveau supérieure, dans chaque niche est sculpté un Bouddha debout avec la figure bienveillante et tendre. Son auréole est décorée des flammes, des lotus et des Bouddha assis, sa mamdorle pleine des apsaras.

Ces 4 statues sont les mère des Bouddha en-dessous, d'où vient le nom de la grotte des mères des Bouddha.

Au sud, c'est la mère du Bouddha du Nord, la mère de Çakyamuni, Mahamaya. Elle est sans doute la statue principale de la grotte 6 et représante l'impératrice-douairrière Feng. Dans les autres niches sont respectivement les mères du Bouddha de l'Est, du Nord et de l'Ouest.

Aux quatre angles de la tour centrale sont sculptées quatre pagodes octogonales de 9 étages, supportées par les éléphants. La pagode possède un auvent à chaque étage, ressemblable à la construction en bois.

Au niveau inférieur de la tour centrale, dans l'espace à l'extérieure de la grande niche sur 4 faces, 16 reliefs racontent des épisodes de la vie de Çakyamuni, de sa naissance à la jeunesse.

A l'ouest de la face nord, un vieux sage prend le prince dans les mains, deux personnes se mettent à genoux à gauche, ce sont les parents de Çakyamuni. Ils demandent le sage Asita de faire l'horoscope du prince. A l'est de la face nord, un bodhisattva s'assied sur un éléphant, entouré des musiciens, c'est le prince rentrant dans le temple céleste.

▼ horoscope du prince

🔻 entrée au temple céleste du prince

La paroi est se divise en 6 niveaux, une grande partie de sculptures sont abimées.

Dans la paroi sud sont ouvertes la fenêtre et la porte, des deux côtés, il y a six niveaux de sculptures. Les reliefs du

statue
principale
sur la paroi
sud de la
grotte 6

2e niveau sont reliés avec ceux de la paroi est, 17 reliefs racontent la vie du prince de sa majorité à son départ de la famille.

Le 7e relief représante le rencontre du vieux. Le prince sortit par la porte est du palais et rencontra un vieux avec les cheveux blanc et le dos tout voûté. Le prince se dit que la vieillesse fut inévitable pour tout le monde, même pour lui si riche et noble. Il commença à penser de quitter sa famille.

Le 8e relief représante le rencontre avec un malade du prince. Il devint triste.

Le 9e relief représante le rencontre du mort qui lui fait beaucoup réfléchir.

Le 11e relief représante le rencontre du moine. Le prince sortit par la porte nord et   médita

relief sur la
paroi sud de
la grotte 6

sur les malheures du monde quand il rencontra un moine. Le moine lui dit qu'il fallut apprendre le Bouddhisme pour chercher une voie de délivrance des malheures. Le prince décida de quitter sa famille.

Dans le 13ᵉ relief, un bodhisattva sort du palais sur un cheval supporté par 4 hercules. C'est le départ du prince.

Entre la porte et la fenêtre est la sculpture du 3ᵉ niveau. Il y a 3 grandes niches. Celle du milieu contient le Bouddha assis, le bodhisattva Manjusri à l'est et le sage Vimalakirti à l'ouest. Dans la niche en plein cintre à l'est sont sculpté un Bouddha assis et deux bodhisattvas. En-haut de l'arc, un serviteur céleste prenant une perle entouré de 14 apsaras ; en-bas, un serviteur cé-

apsaras

leste accompagné de 10 Yaksas. A l'extérieure de la niche, 12 donnateurs debout ou à genoux. La sculpture est somptueuse et complexe. La niche ouest est pareille.

La fenêtre se trouve au 4e niveau. La sculpture représante aussi la vie du Çakyamuni.

Le 5e niveau est sculpté de mille Bouddha avec des chanteurs et danseurs en-dessus.

La paroi ouest est gravement abimée. Seulement le 3e et le 4e niveaux sont encore relativement en bon état. Il y a trois niches au 3e niveau : dans la niche centrale est le Bouddha domptant des démons, ce sujet est fréquenté dans les grottes de Yungang ; dans la niche sud sont sculptés un bodhisattva assis sur le lotus, accompagné de deux serviteurs. Cette série de

Les grottes de Yungang et la dynastie des Wei du Nord

statues est spéciale, c'est construit probablement pour la mère du Bouddha qui représante
l'impératrice-douairrière Feng. Les bodhisattvas
prenant la perle dans la main et les serviteuses
célestes sont fréquentés dans cette grotte, ça
cache peut-être les secret de l'impératrice-
douairrière Feng ? Ça se dit que la perle fait
allusion aux organes reproducteurs dans la
sculpture bouddhique, C'est une influence du
totémisme dans l'antiquité.

Dans la paroi nord, il y a deux grandes
niches. Les statues dedans sont déja abimées.
Les piliers
octogonaux
des deux cô-
tés sont sculp-
tés de mille
Bouddha.
Les niche et
les pilier de
cette grandeur
n'existent pas
dans les grot-
tes précéden-
tes.

Comme
La grotte 12,
le plafond de
la grotte 6 est

apsaras

pleine des musiciens et des danseurs.

Ça représante l'orchestre pour les mères des Bouddha dans le paradis, mais aussi les plaisirs de l'impératrice-douairrière Feng dans son palais.

Le plafond est constitué de quatre orchestres. Les deux orchestres à l'est et à l'ouest de la fenêtre possèdent chacun 42 personnes : 2 chef d'orchestre, 4 danseurs et 36 musiciens jouant aux instruments de musique différents. Le 3e orchestre se trouve dans la partie ouest et nord-ouest du plafond : 4 danseurs, 1 chef d'orchestre et 33 musiciens jouant aux 17 sortes d'instruments de musique. différents: le Xun(un instrument à vent de forme ovoïde), le Pipa, les tambours, les flûtes, les flûtes droites, les gongs, les cithares, le voilon, la gitare, la conque, la trompe, etc. Le 4e orchestre dans la partie est du plafond est pareille. le même nombre et les même instruments de musique.Ces 160 apsaras constituent un grand ensemble de la formation imposante et de l'envergure grandoise.

Ces chanteurs et danseurs reflètent l'orchestre impérial de la dynastie des Wei du Nord. D'après des documents historiques, l'empereur Taiwu aima la musique et fit préserver des compositions et des instruments de musique des pays étrangers ; l'empereur Xiaowen fit former un orchestre philharmonique impérial sans précédants. De la sculpture du plafond de la grotte 6, on peut imaginer la splendeur de l'orchestre de la dynastie des Wei du Nord.

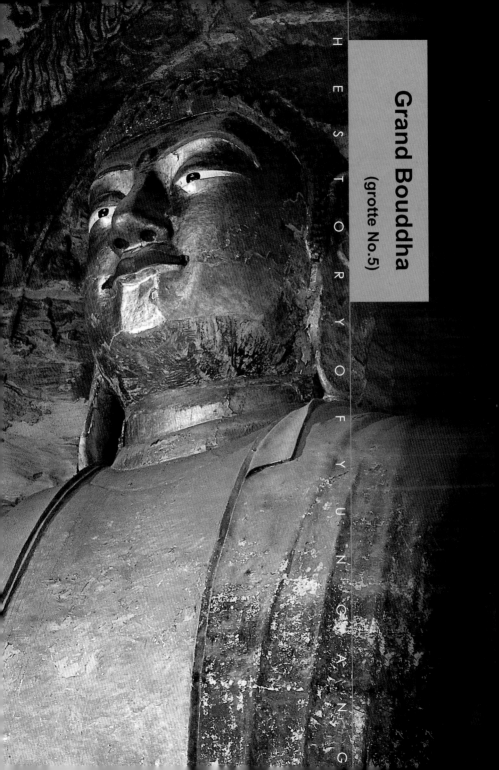

Grand Bouddha
(grotte No.5)

batiment de
bois devant
les grottes 5
et 6

La grotte 5 est la première du secteur central, compté à partir de l'est. Le batiment de bois à 4 étages magnifique devant elle, la chambre spacieuse, les statues géantes et la décoration somptueuse la font une merveille dans l'ensemble. A cause de son contexte social et politique spécial, en plus des restaurations à maintes reprises depuis l'histoire, elle devient une grotte exceptionnelle.

Comme la grotte 6, elle fut creusée de 490 à 495. L'empereur Xiaowen fit construire la grotte 6 pour sa grand-mère et la 5 pour son père en même temps.

En 465, l'emperuer Xianwen se succéda au trône à l'âge de 12 ans. 8 mois après,

l'impératrice-douairrière Feng de 24 ans assista au Conseil et réintégra des chinois dans les fonctions importantes. Ces actions affaiblirent la force des nobles des Tuopa et provoquèrent leurs mécontentements. Contre la volonté de sa mère, l'empereur sontint les nobles. Il donna un poste important à Murong Baiyao, un fonctionnair Tuopa et sa mère le fit tuer sous un prétexte quelconque. Pour se venger, l'empereur tua l'amant de sa mère et l'impératrice-douairrière Feng décapita un autre fonctionnair proche de l'empereur. Un combat sanglant eut lieu entre la mère et le fils. L'empereur manqua

tête de la statue principale

de talent mais ne se résigna pas à sa défaite ; l'impératrice-douairrière Feng fut intélligente et décidante. 5 ans après, l'empereur Xianwen fut obligé d'abdiquer la couronne à l'empereur Xiaowen. Après l'abdication, l'empereur voulut récupérer son pouvoir en profitant d'une guerre contre les étrangers, sa mère perdit la patience et le fit empoisonner à son âge de 23 ans.

En 490, l'impératrice-douairrière Feng mourut. L'empereur Xiaowen gagna la liberté. Il fit construire d'abord une grotte dans le mont Wuzhou pour sa grand-mère qui l'avait élevé et supporté. Son père avait été contre sa grand-mère, mais le lien du sang et l'affection du père furent profonds, il ordonna de construire une autre grotte pour consoler l'âme défunte de son père. Son intention derrière fut de calmer les nobles anciens des Tuopa pour la stabilité de sa domination. Comme la statue principale représante le Bouddha Çakyamuni, cette grotte est appellé la grotte

Bouddha sur
la paroi est

du Çakyamuni ou la grotte du grand Bouddha.

La grotte se divise en deux chambres, le batiment de bois à 4 étages construit au début de la dynastie des Qing est bien préservé, la chambre antérieure se sert le rez-de-chaussée du batiment de bois.

La statue principale dans la chambre postérieure représante Çakyamuni assis en forme de lotus. Etant la statue la plus grande dans l'ensemble, elle mesure 17.7 mètres de haut. Elle est platrée au début de la dynastie des Tang. Le Bouddha, dans la positon de la méditation, a les bouclettes bleues, le nez tout droit, les longues

oreilles et la mime pleine de sérénité. Son auréole et la mandorle sont d'origine de la dynastie des Wei du Nord. Les dessins des lotue, de petits Bouddha, des apsaras et des flammes sont reconnaissables.

La porte est ouverte dans la paroi sud, il y a deux gardiens de 3 mètres des deux côtés et en-dessous, un Bouddha assis sous un arbre, au voûte 4 apsaras avec les mains jointes. A l'intérieur de la porte, il y a respectivement un bodhisattva à gauche et à droite. Sur la paroi à l'est et à l'ouest de la porte sont sculptées des niches contenant des Bouddha et des bodhisattvas. En-haut sont sculptées deux pagodes à 5 étages contenant des Bouddha, supportées par les éléphants. La pagode est surmontée du mulin à prière et d'une perle, elle est à la chinoise.

Dans la porte, aux angles gauche et droite, il y a deux bodhisattvas symétriques, debout sur le lotus, portant la couronne et la robe large, prenant une perle en forme du brûle-parfum. Ils sont élégants et pleins de vigueur.

Juste en-dessus de la porte, il y a deux rangée de niches contenant 8 Bouddha par rangée, c'est la continuation de la conception des 5 grottes de Tanyao : les Bouddha représantent les empereurs. 7 empereurs et l'impératrice Feng sont sculptés dans ces niches. En 491, l'empereur Xiaowen fit restaurer le temple ancêstral, ils furent installés aussi dedans.

deux Bouddha en discussion

　　La paroi ouest es divise en 6 niveaux, la sculpture d'en-bas est gravement abimée. Les bas-reliefs représantent surtout les mille Bouddha. Dans la ronde niche au 5ᵉ niveau, on voit une statue couronné, portant des bijoux et le vêtement magnifique, assis sur un lion, accompagné de deux serviteurs, c'est le Bouddha Maîtreya. Sous les dynasties des Wei, des Jin et celles du Sud, il était représanté toujours sous la forme d'un bodhisattva. D'après les soutras, il naquit dans une famille noble dans le sud de l'ancien Inde et il apprit le Bouddhisme auprès du Bouddha Çakyamuni. Après avoir connu d'innom-

▶ sculpture
sur la paroi sud
de la grotte 5

brables malheurs, il prit sa conscience et devint Bouddha. Il est beaucoup vénéré par les bouddhistes chinois de toutes les dynasties.

La sulpture de la grotte 5 est nettement influencée par le style chinois. On peut connaître que les réformes de l'empereur Xiaowen se manifestèrent déja dans la construction des grottes et firent changer le style de la sculpture. D'après la vie réelle de l'époque, les sculpteurs créèrent les Bouddha, les bodhisattvas, les gardiens et les apsaras nouveaux. Le style propre des grotte de Yungang, sur la base de la sculpture greco-bouddhique, mélangé des éléments chinois, atteingnit son sommet. Les grottes de Yungang sont la cristallisation de la sagesse du peuple du Nord de la Chine au 5e siècle.

▼ Bouddha

Grotte de mille Bouddhas
(grotte No.15)

bodhisattva avec les deux jambes croisées de la grotte 15

La grotte 15 est creusée après l'achèvement de la grotte du grand Bouddha. Comme les mille Bouddhas prédominent dans la sculpture, elle est appellée la grotte de mille Bouddhas.

La grotte n'est pas spacieuse, du plan carré, de 6 mètres de long et de large, 9.5 mètres de hauteur. Il n'y a pas de statue principale, les quatre parois sont pleines de mille Bouddhas.

Par rapport aux autres, du point de vue du creusement et de la sculpture, le travail de cette grotte est grossier. C'est parcequ'elle est creusée pour recouvrir l'intention du tranfert de la capitale à Luoyang de l'empereur Xiaowen.

En 493, l'empereur Xiaowen transféra la capitale de la dynastie des Wei du Nord de Pingcheng à Luoyang. Le tranfert fut réalisé avec

grandes compli-
cations. En réa-
lité, depuis sa
prise du pouvoir
il avait eu cette
idée qui fut inspi-
rée par les paroles
de sa grand-mère
avant sa mort. En
489, l'empereur
fit rapport à sa
grand-mère que
les grottes jumel-
les auront été ter-
minées, elle fut
contente. Et puis
elle changea le
sujet : ''je suis
malade et risque
de mourir à tout
moment. Tu dois

sermon du
Çakyamuni

retenir par cœur que, pour garder et développer
le territoire laissé par nos ancêtres, nos ennemis
ne sont pas les tribus minoritaires du Nord ,
mais les Han des dynasties du Sud. Pour con-
quérir les Han, il faut employer non seulement
la force, mais aussi les moyens culturels. Les
Tuopa doivent adopter d'abord la civilisation
des Han et se font siniser pour les dominer.

sermon du Çakyamuni sur la
façade extérieure

paroi de mille
Bouddha

Ainsi, notre ambition d'uinifier la Chine sera réalisée un jour. "

Après la mort de la grand-mère, l'empereur Xiaowen fut triste mais se rappela toujours de ses paroles. Pour accélérer les pas de la sinisation, il pensa à transférer la capitale vers le Sud. A l'époque, Wang Su, un officiel bien cultivé et doué en stratégie, qui fut apprécié par l'empereur soutint ce plan de toutes ses forces. Mais les conservateurs qui ne furent pas faibles lui s'opposèrent. Alors, Wang Su lui donna un stratagème de faire semblant de garder Pingcheng comme capitale pour toujours en continuant les travaux dans le mont Wuzhou pour stabiliser la situation politique.

Ainsi, l'empereur ordonna de creuser deux petites grottes (les actuelles 15 et 14) sur la falaise à l'est des 5 grottes de Tanyao et une autre (l'actuelle grotte 4) à l'est du secteur central de l'ensemble.

paroi de mille Bouddha à l'ouest de la fenêtre

Les dernières grottes

(grottes 14, 4)

L'empereur Xiaowen fut parti avec les officiels militaires et civils, les épouses et concubines et ses grandes armées vers Luoyang, la capitale nouvelle. Des officiels qui ne purent pas s'acclimater au Sud restèrent dans l'ancienne capitale Pingcheng pour la garder contre les invasions des tribus minoritaires.

Le centre politique fut transféré, mais le creusement des grottes dans le mont Wuzhou ne fut pas nettement arrêté, l'empereur Xiaowen ordonna les officiels de continuer les deux grottes infinies, les 14 et 4.

La grotte 14

Elle est placée plus haute que les autres grottes du secteur ouest de l'ensemble.Deux colonnes carrées au mileu de la grotte la divisent en deux chambres. Les niches sur les colonnes sont un peu reconnaissables. Sur les faces est et ouest, dans les niches de 15 niveaux du milieu sont sculptés des mill Bouddhas ; sur les faces nord et sud, 13 niveaux de niches du milieu sont pleines de mille bouddhas, il y a respectivement 3 niveaux de niches en-haut et en-bas. La grande partie des sculptures au plafond est tombée.

Les statues dans la paroi nord sont abimées, les niches sur les parois est et ouest ne sont plus reconnaissables.

Devant la chambre antérieure, il y a 4 colonnes, comme celles devant les grottes 9 et 10, on voit les traces de mille Bouddhas. La paroi est est abimée. Les niches de 5 niveaux sont sculptées dans la paroi ouest.

paroi ouest de la grotte 14

Maître y a avec les deux jambes croisées de la grotte 4

La grotte 4

Elle est creusée en même temps que la grotte 14, mais plus petite. Elle possède aussi un pilier carré au lieu. Dans la paroi sud, la porte est ouverte à l'est et la fenêtre à l'ouest, c'est exceptionnel dans l'ensemble. Elle est creusée probablement pour la méditation des moines.

Les statues sur les 4 faces du pilier central sont abimées, Les 6 Bouddhas debout sur les faces nord et sud et les 3 Bouddhas debout sur les faces est et ouest sont un peu en état. Les sculptures sur les 4 parois de la grottes sont éffacées. Dans une inscription en-dessus de la porte, on trouve la date du creusement : l'ère Zhengguang(520-525).

Cette inscription est de la grande valeur historique. Elle démoigne la mention dans des documents historiques que les travaux des grottes de Yungang furent terminés sous l'ère Zhengguang.

Depuis lors, l'apogée des grottes de Yungang fut passée. Après 525, la capitale ancienne Pingcheng fut occupée par les rebelles. Troublé par les combats, personne ne pensa au creusement des grottes. Les grottes 14 et 4 sont devenues les derniers ouvrages de la dynastie des Wei du Nord.

Le reste
(grottes 21-53)

extérieur des
grottes 42-45

En 493, l'empereur Xiaowen transféra sa capitale à Luoyang, les grottes de Yungang devinrent de moins en moins importantes avec le changement du temps. Les empereurs respectèrent encore le Bouddhisme et la sculpture des grands Bouddha représentant les empereurs fut continée encore en grande envergure, mais dans les grottes de Longmen près de Luoyang. Deux grottes furent commencées pour l'empereur Xiaowen et sa femme.

Mais les haches et les ciseaux dans le mont Wuzhou ne furent pas arrêtés. Les nobles peu nombreux qui restèrent à la capitale ancienne n'eurent pas la possibilité de construire les grandes grottes comme les 5 grottes de Tanyao et les grottes jumelles, mais ils firent creuser par intermittence de petites grottes, les fidèles du peuple le firent aussi. Ce sont les actuelles grottes du secteur ouest, de 21 à 53.

On compte 33 petites grottes dans le secteur ouest. D'après une autre statistique, dans l'ensemble de Yungang, on compte 147 grottes, y compris 94 mini-grottes. Si on compare l'ensemble de Yungang à un mouvement, les petites grottes sont la coda après la mélodie qui est douce mais émouvante.

On peut dire que, sans l'installation de la capitale de la dynastie des Wei du Nord à Pingcheng, les grottes de Yungang

ne purent pas posséder sa splendeur ; inversement, l'actuelle Datong est classée parmi les villes historiques culturelles, l'ensemble des grottes de Yungang joue un rôle décisif.

Tout change avec le temps.

◀ paroi sud de la grotte 39

▼ paroi de mille Bouddha de la grotte 29

Le reste